AF403254

CHANTS
ET
SYMPHONIES

exécutés pour la première fois à Paris

à la Galerie Georges Petit

les 9, 10 et 11 Juillet 1891

ÉMILE CHIZAT

AUDITIONS VOILÉES

CHANTS
&
SYMPHONIES

MÉLODIES SYMPHONIQUES

HYMNES, DUOS ET CHANSONS

Poèmes et Musique du Même Auteur

ÉDITION DES PAROLES

A LA GALERIE GEORGES PETIT
8, rue de Sèze
PARIS
Et chez tous les Libraires

LES AUDITIONS VOILÉES

&

LES MÉLODIES SYMPHONIQUES

La tentative dont les auditions voilées sont l'expression, a pour but de présenter des œuvres musicales et littéraires dans leur état d'art particulier, c'est-à-dire sans aucun alliage emprunté aux autres arts décoratifs ou représentatifs.

La suppression atténuée de la lumière, rend à l'ouïe les facultés nécessaires pour écouter et apprécier complètement les œuvres faites pour elle et à cause d'elle.

Les préoccupations et les distractions résultant de la vue des personnes et des choses disparaissent dans ce silence des yeux, aussi indispensable que l'autre, aux auditions sincères.

Sans doute l'art représentatif moderne, essentiellement polychrome, a ses charmes. et pourrait-il n'en pas avoir, disposant de tant de moyens ! Mais que devient la musique au milieu de ces mosaïques qui l'encadrent jusqu'à l'étouffer ? Un remplissage, parfois, un accessoire, souvent. Elle lutte inutilement contre l'éblouissement des pyrotechnies, des artifices de scène, des étoffes et des lustres. C'est le triomphe de la caresse sur l'expression, de la sensation sur le sentiment.

Le mouvement symphonique qui se dessine depuis quelques années constitue, certes, un symptôme de réaction appréciable mais là encore, les mêmes préoccupations nuisent au but recherché, car elles sont diminuées, et non supprimées. Dans nos exécutions symphoniques, l'orchestre et les interprètes, divers restent en vue. Les gestes d'éxécution, les allures cherchées, les gaucheries, les minauderies, les toilettes, les physionomies, demeurent autant de sujets de distraction et d'amoindrissement pour l'œuvre, d'abord, et pour les interprètes ensuite, car si quelques-uns en bénéficient, c'est au préjudice de leur propre valeur artistique.

La musique, surtout la musique parlée, possède en elle toutes les forces d'expression et de clarté. Les *auditions voilées* ne sont donc pas le résultat d'un *système*, mais simplement un effort vers la vérité musicale et littéraire, effort sans parti-pris d'ailleurs, et n'excluant aucune autre forme de jouissance artistique. (1) Enfin s'il est indéniable qu'une certaine obscurité doive être recherchée pendant une audition, une nuit absolue n'est pas désirable ; peut-être serait-elle même nuisible. C'est dans une nuit atténuée que les vibrations sonores impressionnent vraiment comme des couleurs où peuvent se retrouver, encadrant la pensée qui les resuscite, toutes les fraîcheurs et toutes les intensités.

---

(1) Quant à la forme donnée aux présentes Mélodies symphoniques, elle est le résultat d'une recherche de l'auteur en faveur de la symphonie déclamée, par le moyen de récits parlés en prose rhytmée entourant le tableau musical d'une sorte de cadre expressif, d'une allure appropriée au sujet.

Musique et Poèmes.
de Emile Chizat

A mon Cher Maître J. Duprato

I -- MÉLODIES SYMPHONIQUES

(en prose et vers)

HYMNES, DUOS ET CHANSONS

INTRODUCTION

I

Symphonie.

O les belles heures perdues, les belles amours oubliées, que les chansons évoquent et font revivre!

Voici les sentiers parcourus à deux, les près, les maisons, les bois d'autrefois. Voici les aubades, les serments et les aveux, le passé tout entier qui se dresse et nous reprend.

Elles reviennent, les douces ivresses, les chères angoisses, et l'on aime comme au temps passé, on rit des mêmes rires, on pleure les mêmes larmes.

Chansons d'amour, chansons de jeunesse, vous êtes les mémoires du cœur. Vous êtes la vie consolante et reposante dans notre vie banale et cruelle,

II

Et vous, symphonies de la terre et du ciel, cris de doute, hymnes de foi, qui pleurez nos anxiétés et chantez nos extases, vous êtes les mémoires de l'âme... Vous êtes l'espérance, vous êtes la lumière.

III

Venez, chansons, accourez, symphonies, et, comme une immense prière, montez dans l'air léger des matins, allez au-delà des nues ensoleillées, plus haut encore, plus loin que les étoiles, jusqu'aux sources des aurores infinies et des éternelles clartés,

Montez à Dieu!

8

MATINÉE DE JUIN

SYMPHONIE.

Il fait grand soleil ce matin !

Le ciel est d'une pureté ineffable, et de ses profondeurs azurées, l'astre du jour verse sur notre vallon des torrents de lumière.

CHANT.

Il fait grand soleil ce matin
Dans l'herbe
Superbe
Embaume le thym
Il fait grand soleil ce matin !

Voulez-vous venir jusqu'au bois ?..
Le rêve
S'achève
Au réveil des voix
Voulez-vous venir jusqu'aux bois ?

Hâtons-nous d'user des beaux jours
Tout passe
Et s'efface
Espoirs, gloire, amours...
Hâtons-nous d'user des beaux jours !

VENUE D'AMOUR

Symphonie.

De même, que le soleil fait frissonner d'amour
la terre, les regards de l'être qu'on va aimer font frissonner l'âme.

Chant.

Le soleil, l'amoureux soleil,
Darde ses flèches de vermeil
 Sur l'immense plaine
Sous ses baisers de feu charmants
La terre a des frémissements
 D'amour toute pleine

Ainsi tes regards en mon cœur
Ont lancé leur éclair vainqueur
 Fulgurant poème ;
J'ai senti mon âme s'ouvrir
Je croyais que j'allais mourir
 Et depuis, je t'aime.

MATINÉE D'AVRIL

Symphonie.

Dans la jolie maison où grimpent les rosiers et les chèvrefeuilles en fleur, l'enfant aimée doit-être encore endormie, car ses fenêtres demeurent closes, les jalouses ! et c'est en vain que le soleil frappe à coups de rayons clairs sur leurs carreaux maussades.
Que faudra-t-il donc pour éveiller la paresseuse? Un appel d'amoureux ? Peut-être...

Chant.

Quoi pas encor éveillée,
Paresseuse, il fait grand jour
Ta fenêtre ensoleillée
Est-elle fermée à l'amour?

Le long des buissons de roses
Dont s'embaume le chemin.
J'ai, cueillant les fleurs écloses,
Aux ronces piqué ma main.
Et cette moisson, j'aspire
En tes bras, à la poser;
Je veux, pour elle, un sourire,
Pour ma blessure, un baiser.

Ah ! te voilà réveillée,
Paresseuse, il fait grand jour,
Ta fenêtre ensoleillée
Enfin s'entr'ouvre à l'amour !

VERS TOI

Vers le ciel pur, dans l'air léger
L'oiseau joyeux va voltiger

Ainsi mon âme
Dans son émoi
Comme une flamme
Vole vers toi

La fleur, sous l'amoureux soleil,
Frissonne au doux rayon vermeil

Ainsi mon âme
Dans son émoi
Cherchant la flamme
Brûle pour toi.

La douce étoile du matin
Aux feux de l'aurore s'éteint

Ainsi mon âme
Dans son émoi
Tremblante flamme
Se meurt pour toi.

MATINÉE DE MAI

Symphonie.

Où va-t-elle, la jolie fille, par cette rayonnante aurore de mai ? Sur le chemin baigné de soleil, un jeune homme la croise. Tous deux s'arrêtent, lui, souriant, elle, rougissante. Ils se connaissent bien ! Et voici qu'elle consent à marcher un peu de compagnie avec lui, — avec lui, qui a des chansons plein le cœur, et de l'amour plein les yeux.

Chant.

Puisque tu veux bien que je t'accompagne
Prenons ensemble un chemin
En pleine campagne
Tout baigné des rayons du matin ?

Puisque tu veux bien aujourd'hui m'entendre,
Quand nous serons un peu loin
Je prendrai ta main, et ma voix plus tendre
Dira tout ce dont mon cœur est plein.

Puisque tu permets qu'aujourd'hui je t'aime,
Ensemble unis, désormais,
Laisse en un baiser, finir le poème,
En jurant d'être à moi pour jamais...

SCÈNES PARISIENNES (fragments)

I — Au bois de Meudon — Dimanche

Récit symphonique.

Autour de la ville bruyante, et comme autant de fleurs semées sur cent collines, mille blanches maisons brillent au soleil. Au delà voici les bois charmants, où les buissons, les branches et les herbes, encore emperlées de rosée, semblent attendre les promeneurs pour les caresser de leurs parfums et de leurs ombres troublantes.

Bientôt, dans un souffle d'air léger, un bruit de voix se fait entendre, et la forêt écoute la chanson, la simple chanson des amoureux au bois, toujours la même, quels que soient les rimes et l'air sous lesquels on la chante, depuis que le monde appartient à l'amour.

Chant.

II — Chanson des bois

Viens ma mie, allons au bois
La Terre aux baisers du soleil frissonne
Tout renaît, chante à la fois

14

Tout resplendit, tout sourit, tout résonne
Et comme au printemps passé
La violette au bord du sentier nous invite
Hâtons-nous, le Temps, trop vite,
Aura fané la fleur de son souffle glacé
Allons au bois !
Viens ma mie, allons au bois.

L'air est plein de parfums et de bruits d'ailes
On entend partout des voix
Mêlant aux brises leurs chansons nouvelles
Près de toi, toujours épris,
Je veux, prouvant encor **ma** tendresse ancienne,
Ajouter sur le vieux chêne
Une date nouvelle à nos serments écrits.

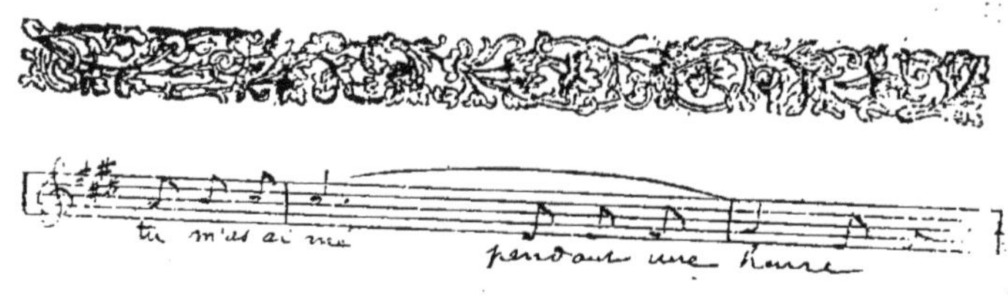

BONHEUR PERDU

SYMPHONIE.

L'heure d'aimer, l'heure brève, est venue avec son divin cortège de flammes et d'encens. Tout va resplendir dans le ciel de ces deux âmes, enveloppées d'azur, d'or et de lumière...

Puisque tu m'aimes,
Que je te veux
Puisque tes vœux
Sont mes vœux mêmes,
Regarde-moi,
L'âme conquise,
Que je me grise
De ton émoi,

Puisque pressée
Entre mes bras
Je lis tout bas
En ta pensée,
Inapaisés
Laissons nos lèvres
Noyer leurs fièvres
Dans leurs baisers...

La nuit d'amour
A peine née
Est terminée
Avant le jour
Comme une gaze
Se consumant
Un seul moment
Dura l'extase

Maintenant, meure
L'instant charmé !
Tu m'as aimé
Pendant une heure..
D'un livre lu,
Page effacée
Heure passée,
Bonheur perdu !

SUPPLICATION

Puisque tu lis dans mon cœur
Que tu sais ce qui s'y passe
Pourquoi ce regard moqueur
Ce sourire qui me glace,
Puisque tu lis dans mon cœur,

Que tu sais ce qui s'y passe,
Pourquoi ce regard moqueur ?

Puisque tu connais l'émoi
Que ton approche me cause
Pourquoi détourner de moi
Ton front devenu morose ?

Puisque tu connais l'émoi
Que ton approche me cause
Pourquoi t'éloigner de moi ?

Puisque tu vois, vers les tiens,
Mes bras en tremblant se tendre
Ah ! ne résiste plus, viens...
Mon cœur est lassé d'attendre !

Puisque tu vois vers les tiens
Mes bras en tremblant se tendre,
Ah ! ne résiste plus, viens !

Nuits d'été

LES VOIX DU SOIR

Déjà passe
Dans l'espace
Un concert de douces voix
Voix des brises
Chants d'églises
Et frémissements des bois

Sur la grève
Le Flot rêve
Et dit ses secrets tout bas
L'oiseau prie,
La prairie
Jette des fleurs sous nos pas

Vers la rose
Déjà close
Le lys parle en se penchant
Et nos âmes
Doubles flammes
S'appellent en se cherchant...

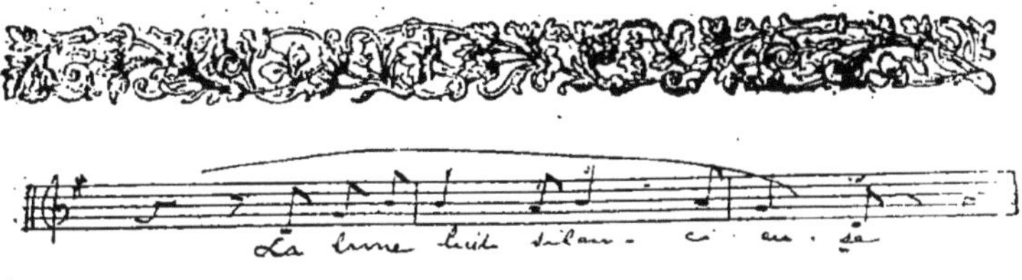

Nuits d'été

LA NUIT DANS LA FORÊT

SYMPHONIE.

Les grands arbres se sont endormis, debout, en
étendant leurs branches comme autant de bras char-
gés de mains bénissantes, au-dessus des fleurs closes,
des buissons et des mousses. Et sur ce repos pro-
fond, la lune laisse tomber ses tranquilles clartés...
La forêt, semble maintenant comme une chapelle fan-
tastique, avec un astre pour unique vitrail, et des parfums de sèves et d'herbes pour encens. Aucun bruit

CHANT.

La lune luit, silencieuse,
Sur la Forêt mystérieuse.
Ma main tremblante dans ta main
Suivons tous deux l'étroit chemin.

Le bois épais couvre nos ombres
Des arbres noirs les branches sombres
Nous cachent les regards jaloux
Que les astres jettent sur nous...

Mon cœur bat, et ta lèvre est douce.
Dans le sentier couvert de mousse
Aucun bruit autre que nos pas
Et nos baisers donnés tout bas...

19

SOIRÉE DE SEPTEMBRE

AVANT LA NUIT

SYMPHONIE.

Une immense harmonie monte des côteaux et des vallons encore tout grisés du soleil qui s'en va, et là bas, à l'orient, voici la nuit, endiamantée d'étoiles, qui vient.

Déjà l'ombre du soir étend partout ses voiles,
On entend dans le ciel comme un vague soupir.
C'est la Nuit calme et pure en sa robe d'étoiles.
La nature sans bruit bientôt va s'endormir.

C'est l'Heure de l'Amour, l'Heure de la Prière,
C'est l'Heure des baisers, et des tendres yeux,
L'Heure divine et sainte, où monte de la terre
Dans le charme infini des espoirs radieux
Une enivrante ardeur qui nous transporte aux Cieux.

SOMMEIL

Le corps charmant de mon amie
Repose entre mes bras tremblants
Tandis que mes regards brûlants
Contemplent sa bouche endormie

Vers moi, comme un philtre subtil,
Son paisible souffle s'élève,
Et vient me raconter le rêve
Où vague son âme en exil.

2C

Mais bientôt sa lèvre vermeille
S'agite, et mon être frémit...
Ah ! puisqu'un baiser l'endormit
Je veux qu'un baiser la réveille !

Nuits d'été

AUX ÉTOILES

SYMPHONIE.

O Firmament, livre ouvert où nos yeux ne peuvent rien lire, qui nous donnera le secret de ton
mystère ? O ciel, voûte de flammes, dont chaque étin-
celle est un Univers, qui nous mesurera ta hauteur ?

Etoiles, Etoiles, sphynx de feu, lumières silen-
cieuses, parlez-nous donc, ah ! parlez enfin !

CHANT.

Des profondeurs du ciel, lampes mystérieuses
Etincelles sans nombre, aux clartés radieuses,
Etoiles qui brillez dans l'espace éternel
Reculant de l'azur les bornes infinies
Etoiles, parlez-moi ! De vos lueurs bénies
    Semblent tomber des harmonies
    Je vous écoute, ô voix du ciel...

Vous êtes le reflet des amours disparues
Petites flammes d'or dans l'éther suspendues,
Etoiles qui mêlez en vos regards de feu
Des rayons de bonheur aux éclairs de souffrance.
Etoiles, doux foyers, où brille l'espérance
    Vous éclairez la route immense
    Qui, de la Terre, mène à Dieu !

L'AURORE SUR LES ALPES

SYMPHONIE.

Nuit d'été en Dauphiné. Les hautes montagnes, vêtues de sapins découpent dans le ciel leurs têtes rocheuses. Des milliers d'étoiles resplendissent, escortant vers l'Occident la lune majestueuse. Des bruits vagues montent des vallons endormis et se perdent dans les altitudes.

Sur un des sentiers qui s'élèvent vers les sommets, le jeune homme et la jeune femme gravissent lentement la pente raide où leurs pas font rouler les pierres jusqu'au fond des abîmes.

CHANT.

— Dans la nuit radieuse, étoilée,
  Nous marchons, enlacés,
Vers la cime en les airs isolée
Qui se dresse, fière et mutilée
  Sur ses flancs crevassés

— Entends-tu, des combes profondes
    Les bruits mystérieux,
Chants des oiseaux, soupirs des ondes
    Qui s'élèvent aux cieux,
Et, du fond des ombres muettes,
    Tinter les clochettes
Des lointains troupeaux matineux ?..

— A nos pieds la montagne, assoupie,
    Sur son lit de guérets
Pour combattre le froid qui l'épie
Semble encor resserrer, accroupie,
    Son manteau de forêts !

— Vois ! l'Orient déjà s'éclaire
    D'une vague lueur
Vois monter du val solitaire
    Une blanche vapeur...
Sous la lumière qui la voile
    La dernière étoile
Lentement, vient de s'effacer....

Charme infini ! divine extase !
D'un feu sacré l'âme s'embrase,
Et, vers le ciel, veut s'élancer !
— Vois cette pourpre étincelante
    Qui met le firmament en feu !
    Eclairs, magie éblouissante :
    Le voici, le regard de Dieu !

— Soleil, soleil, Roi du monde !
Maître de la vie et du jour !
Tes rayons, flamme féconde
Sont éternels... ainsi que notre amour !..

LA NUIT D'AOUT

I. — LE SOIR AU BORD DE MER

La jeune femme.
— Le flot bleu vient mourir au pied de la falaise.
Le jeune homme.
— A ta voix, comme lui, mon cœur tremblant s'apaise.
Elle et Lui.
        D'un vol lourd, par l'infini,
        L'oiseau rentre dans son nid...
La jeune femme.
— Le couchant dans le ciel met des lueurs sanglantes.
Le jeune homme.
— En tes mains je sens frissonner mes mains brûlantes.
Elle et Lui.
        Dans son lit de pourpre et d'or
            L'océan s'endort
        Et, chassant les heures brèves,
        Nous laissons, le long des grèves
            Aller nos rêves.

II — LA NUIT

La jeune femme.
        Là bas... écoute ! Du bois sombre
            S'élève un chant d'oiseau
    Tandis que sur les prés semés de fleurs sans nombre,
        La nuit, comme un manteau,
            Jette son ombre.

Le jeune homme.
— Ah ! laisse donc l'oiseau chanter
Et regarde-moi, toi que j'aime !
Mieux que la voix de l'oiseau même
Ta voix sait encor m'enchanter !

III — LES ÉTOILES

La jeune femme.
— Là-haut... regarde ! Le ciel sombre
Soudain montre à nos yeux,
Scintillant dans l'azur, des étoiles sans-nombre,
Qui vont jetant leurs feux
A travers l'ombre

Le jeune homme.
— Ah ! laisse l'étoile briller
Et regarde-moi, toi que j'aime
Mieux encor que l'étoile même
Je vois ton regard scintiller

IV — L'AUBE

La jeune femme.
Partout... entends ? Vois ! tout s'éclaire,
Et semble résonner
Le soleil, de rayons, vient réveiller la Terre
Et la fait frissonner
Dans sa lumière

Le jeune homme.
— Ah ! laisse le ciel s'iriser
Et donne ta lèvre : je t'aime !
Mieux encor que le soleil même
Me fait frissonner ton baiser !

TRISTESSE D'AUTOMNE

Symphonie.

Les feuilles tombent, et, le long des chemins, les arbres dépouillés frissonnent comme des vieillards. Plus de chants d'oiseaux dans l'air où courent les brumes sans fin. Les échos du vallon ont des bruit de sanglots, et dans les bois sans ombre, les sources se sont glacées, en regardant le ciel.

Chant.

Sur le chemin du hameau
Les roses meurent
Et penchés sur le ruisseau
Les saules pleurent

— Des arbres se détachant
La feuille morte
Tombe et danse sur le champ
Où l'air l'emporte

Ainsi, des amours finis,
La lueur passe
Et s'enfonce dans les nuits
Où tout s'efface !

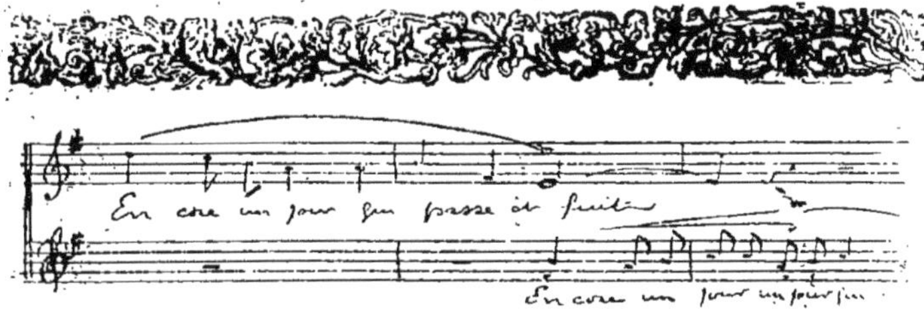

Nuits perdues

LES NUITS SANS ÉTOILES

SYMPHONIE.

Encore un jour qui passe et va disparaître dans
l'ombre d'une nuit nouvelle, d'une de ces nuits sans
étoiles, semblables aux cœurs sans amours, et faites
d'infini silence et d'éternel oubli !

CHANT.

> La clarté meurt, voici le soir
> Tout s'est éteint dans le ciel noir.
> > Nuits sans étoiles,
> > Cœurs sans amours,
> > S'en vont, toujours
> > Mêlant leurs voiles.
>
> Encore un jour qui passe et fuit !
> Encore un soleil qui finit !
> > Ah viens, nuit sombre,
> > De l'infini,
> > Noyer l'oubli
> > Dans ta grande ombre.

NOTRE SENTIER

SYMPHONIE ET CHANT.

J'ai suivi tout seul, bien des fois,
A l'heure où s'assombrit la côte,
Le sentier perdu dans les bois
Où nous cheminions côte à côte.
Et partout mon cœur entendait
Sa voix, comme un murmure à peine ;
Et partout, ma main se tendait
Comme autrefois, cherchant la sienne...

Les Printemps nouveaux ont passé
Jonchant le sol de fleurs fanées,
Et sur le chemin ont laissé
Autant de mousses que d'années.
Et de ce tapis que l'Hiver,
Chaque fois, sous la neige efface,
Je soulève le linceul vert
Pour chercher de ses pas la trace...

PRÈS DE LA SOURCE

Symphonie.

Elle n'a pu sitôt oublier les promenades du dernier printemps, la source claire où finit le chemin, le chêne où son nom fut écrit, et les heures délicieuses passées dans le bois embrasé d'aurore, à jurer un éternel amour.

Chant.

Tu connais bien la source, où le chemin finit,
Où dans l'eau le soleil en se plongeant sourit,
Où se mire en passant la verte demoiselle,
Où le sable d'or fin à la mousse se mêle ?
    Nous y venions au mois de Mai
    Par les bois embrasés d'aurore
    Alors, de toi, j'étais aimé !..
    Alors, moi, je t'aimais encore...

Tu connais bien cette heure, où, les yeux dans les yeux,
Ma main pressant ta main, et le cœur plein d'aveux.
Nous nous parlions si bas que la source surprise,
Vainement, pour entendre, interrogeait la brise.
    Hier, revenait le mois de Mai ;
    J'ai voulu retrouver l'aurore
    Aux endroits où je fus aimé
    ...J'ai cru que je t'aimais encore !

RENOUVEAU

I — Amours oubliées

Récit symphonique.

Quel découragement saisit l'être ! Ainsi il serait vrai que ces amours si belles fussent des amours défuntes !

Chant.

A quoi sert de penser encor
A renouer l'ancien poème,
Dans son cœur l'amour est bien mort,
Dans mon cœur, il est mort de même...

Et pourtant, qu'ils furent heureux
Ces jonrs de lointaine tendresse
Qu'elle était douce, sa caresse,
Qu'ils étaient brûlants mes aveux...
Un instant, sur moi, pleins de charmes,
J'ai cru voir son regard voilé...
Mais sa bouche n'a point parlé,
Et ses yeux n'ont pas eu de larmes !..

II — Résurrection

Récit.

O les surprises exquises du cœur ! Elle cachait son trouble, elle se rappelle, elle pleure, et dans ses yeux voilés, la lumière du regard jette à travers les larmes comme un doux arc-en-ciel.

CHANT.

> Mes baisers ont bu tes larmes.
> Renais, amie, à ma voix
> Comme aux heures d'autrefois.
> Emplis tes grands yeux de charmes
> N'attendons pas à demain
> Pour renouer le poème,
> Regarde moi, prends ma main
> Et ne pleure plus : je t'aime !

Chanson

JEANNE

> Le premier jour où je vis Jeanne
> C'était un dimanche, au matin,
> Par un air léger, diaphane,
> Tout parfumé de thym
> Je restais là, dans le chemin,
> Sentant d'émoi trembler ma main
> Le premier jour où je vis Jeanne.
>
> Ma vie a passé près de Jeanne,
> Le temps a blanchi ses cheveux
> Mais dans son cœur que rien ne fane
> L'amour reste joyeux
> Et, quand j'interroge ses yeux
> Je retrouve l'azur des cieux
> Du premier jour où je vis Jeanne.

DEMANDE D'AMOUR

La folie d'aimer saisit les cœurs et les remplit
de tortures et d'extases.

Ne repousse pas, ô jeune femme, ces mains
suppliantes et ces lèvres en feu. Si tu n'aimes pas
encore, au moins laisse-toi aimer, et peut-être, trou-
blée à ton tour, seras-tu saisie des mêmes ivresses.

Permets que mes yeux regardent tes yeux,
Permets à ma main d'approcher la tienne
Permets aux flots lourds de tes noirs cheveux
Que ma bouche en feu les effleure à peine

Permets à mon cœur qui veut rester fort
De battre pour toi sans cesse ni trève
Laissant ma pensée, espérant encor,
Noyer son souci dans l'ardeur du rêve

Je veux tant t'aimer qu'en tes yeux, un jour,
Un regard troublé brusquement s'allume,
Rayon de soleil qui vient à son tour
Du ciel assombri déchirer la brume

Je veux tant t'aimer que ton âme enfin,
Prenant en pitié mes extases mêmes.
Me rende l'amour dont mon âme a faim !
Je veux tant t'aimer, qu'à la fin tu m'aimes...

HALLUCINATION

SYMPHONIE.

Le spectre des amours perdues revient dans
la mémoire des sens, et ni les amours nouvelles, ni
la prière, ne détachent le cœur des ardeurs anciennes.

CHANT.

Vers Dieu, vers la lumière
Envolez-vous, jours disparus,
Et vous, espoirs qui n'étiez que chimère
Laissez l'amour s'éteindre en mes sens éperdus
Ne me parlez jamais de mes amours perdus !

Mais là : le fantôme se dresse.
Il revient, me suit et m'oppresse
De son charme mystérieux...
Je vois ses yeux, comme une aurore,
Se lever, tremblants, sur mes yeux,
Et sa voix, je l'entends encore...
— A moi ! je t'aime, et je te veux !!..

Rêve et folie ! En fumée
S'évanouit l'ombre aimée
Brûlé d'amour, glacé d'effroi
Ah ! que je souffre ! Laissez-moi...

LA MORT

SYMPHONIE.

Mes forces s'en vont... et comme lassé
D'avoir trop battu, mon cœur bat à peine.
Il ne semble plus que rien me retienne
    Au monde où j'ai passé :
Tout souvenir s'efface... est effacé.

  . . . .

Ah !.. l'étrange lueur... l'étrange flamme
    Qui paraît... grandit !.. mon âme !
Que fais-tu ?... Tu t'arraches de moi !... Quels éclairs !
    Quels tourbillons dans les airs !..
Mon cœur éclate !... la Terre s'abîme
Et disparaît sous moi dans un nuage d'or...
Je monte... encor... encor... encor... encor... encor...
    Vers une éblouissante cîme ....
Etoiles ! rangez-vous dans le ciel bleu
    Où votre splendeur m'éclaire !..
    Roulez, globes de feu,
Dans des océans de lumière !
Je vis !.. je suis au faîte : je vois Dieu !...

Poèmes et Musique
de Emile Chizat

A mon Cher Maître J. Massenet

II -- CHANTS SYMPHONIQUES

en Prose

PROSE RHYTMÉE

La poésie musicale en prose a été essayée, par l'auteur des *Mélodies symphoniques* à plusieurs reprises différentes, avant d'être franchement mise en œuvre dans un grand nombre de ses dernières compositions.

C'est à la suite d'une interprétation musicale de certaines parties de la Bible (1) que la pensée lui est venue d'utiliser les ressources rhytmiques de la prose poétique.

Depuis le *Jeune homme et la Mort* (2), mélodie en prose jusqu'au *Rendez-vous*, qui n'est autre chose qu'une scène détachée d'un opéra en prose rhytmée, l'auteur s'est servi de ce mode poétique avec une prédilection toute particulière, car il offre des ressources nombreuses et nouvelles à la composition.

Enfin, et surtout, c'est dans le récit parlé (3) déclamé pendant l'exécution parallèle d'une symphonie musicale, que la prose rhytmique doit, suivant lui, donner les effets les plus puissants ou charmants, soit dans l'intimité des auditions de chambre, soit au concert, soit à la scène.

(1) *Notre Père*, oraison dominicale, sur le texte biblique même. – 1885, – Gregh. éditeur.

(2) *La Naissance de Jésus*, scène biblique, d'après le texte intégral de l'Évangile selon saint Luc. – Chap. II, v. 8, 9, 10, 11, 14. – 1887.

(2) *Mélodie française*, Octobre 1887.

(3) Voir le Récit, en prose, sur *l'Introduction* des *Chants d'amour et de jeunesse* (vingt mélodies) G. Hartmann & Cᵉ, édit. 1888, reproduit ici, page 8, § I.

36

CREDO D'AMOUR

Récit.

Croire au soleil, aux fleurs, à l'amour, à la femme, c'est croire en Dieu.

Chant.

Je crois en toi.

Je crois en tes yeux, soleils de ta pensée, dont les rayons m'émeuvent, m'agitent, et m'embrasent.

Je crois en tes lèvres roses, où courent les sourires légers, où s'envolent les désirs.

Je crois en ton beau corps qui se ploie en mes bras comme une gerbe d'or pour la divine moisson de caresses.

Je crois au bonheur près de toi, au charme éternel de ta voix; je crois à ton baiser, je crois en toi, car je t'aime.

NUITS D'AUTREFOIS

LE RENDEZ-VOUS

SYMPHONIE.

Le dernier rayon a rougi la crête des coteaux d'alentour, et dans le vallon où descendent les premières ombres du soir, quelques chants de grillons se font seuls entendre. Dans le ciel, l'azur se fait de plus en plus intense, pour s'assombrir ensuite, tandis que s'allument au fond des espaces, les lampes d'or des étoiles...

Mais qu'importent les étoiles et la beauté du ciel, quand la bien-aimée tarde au rendez-vous...

CHANT.

Le jeune homme.
— Enfin.., te voilà !.. Je t'attendais... et je souffrais sans toi. Vois : déjà la nuit est venue, et je tremble. A peine à mes côtés, faudra-t-il t'arracher de mes bras ?..

La jeune femme.
— Laisse la nuit nous envelopper de ses voiles. Cette nuit est à nous. Jusqu'à demain, je suis à toi.

38

Le jeune homme.
— À moi ? Ah ! je me sens pris de folie. Viens... plus près de moi... Viens ! Viens... plus près encore...

La jeune femme.
— Les astres en feu jettent sur nous leurs millions d'étincelles jalouses...

Le jeune homme.
— Presse ton cœur contre mon cœur, aime-moi comme je t'aime ! mes lèvres cherchent ton baiser. Viens : plus près de moi, viens plus près encore...

La jeune femme.
— Là haut dans l'azur, du fond du ciel, Dieu, qui sourit, bénit l'amour qui nous embrase..

Le jeune homme.
— Tu m'appartiens.

La jeune femme.
— Je suis à toi !

PRIÈRE PROFANE

SYMPHONIE.

Le jeune prêtre a rencontré l'amour sur sa route sainte... En vain cherche-t-il à l'arracher de son cœur... Il revoit le visage aimé jusque sur les miroirs sacrés de l'autel. Et voici que pendant qu'il prie dans la cathédrale en fête, la voix de celle qui remplit son âme et son esprit s'élève au milieu des chœurs, dans l'harmonie troublante des grandes orgues :

CHANT.

Ave Maria !

RÉCIT.

Il prie avec une ferveur plus brûlante, mais sa foi chancelle, et le voilà tremblant, égaré, implorant sans croire, fou d'impiété inconsciente et d'amour sans espoir.

PRIÈRE.

O Seigneur ! Dieu ! Père ! Éternel ! éperdu je tends vers toi les bras !

Devant mes yeux de pleurs voilés se creuse un abime d'effroi...

Mon cœur trahi se déchire... Ah! je l'aime encore!... Je l'aime, Seigneur! Pitié, Seigneur, je l'aime!

Si tu ne peux me rendre son amour, prends moi, puis emporte moi si haut, si loin, que son souvenir ne puisse plus jamais m'atteindre.

Ou bien... si tu n'existes pas.. ô Dieu!.. que la mort me rende au néant... où tout se confond et s'oublie... Blasphème!

Ô Seigneur! Dieu! Père! Éternel! éperdu, je tends vers toi les bras...

Devant mes yeux de pleurs voilés se creuse un abime d'effroi... mon cœur trahi se déchire... Ah! je l'aime encor! Je l'aime, Seigneur, pitié! Seigneur! Je l'aime!

SYMPHONIE.

Il tombe anéanti derrière l'autel pendant que les accents qui le bouleversent s'éteignent dans l'air embaumé d'encens.

CHANT.

Ave Maria!

HEURES CRUELLES

LE DOUTE

SYMPHONIE.

L'air est lourd, ce soir, et dans le ciel assombri
lourent des nuées d'encre et de sang... Aux tristesses
du ciel correspondent les tristesses des cœurs, et les
inquiétudes de l'esprit. Quant les brouillards frôlent
ces fronts, les mélancolies frôlent les âmes.

CHANT.

Le jeune homme.

— Va-t-en ! Tu m'as trompé ! Tu m'as trompé... Un
autre t'a volée à moi... Adieu !

La jeune femme.
Non, reste, je t'aime, tu m'aimes toujours !.. Ne me
quittes pas !

Le jeune homme.
Arrière !

La jeune femme.
Tu peux lire en mes yeux le secret de mon âme. Regarde-moi...

42

Le jeune homme.
Va-t-en... Dans tes regards menteurs j'oublierais mon courroux... Va-t-en... Je ne peux résister aux regards de tes yeux... Va-t-en... Quand je te vois, j'oublie... J'oublie...

La jeune femme.
Je t'adore... Ah !.. Pourquoi détournes-tu les yeux... Ne me repousse pas, non !... ne me repousse pas !

Le jeune homme.
Va-t-en... Tu m'as trompé... Tes lèvres ont gardé d'autres baisers la trace... Arrière, impie !

La jeune femme.
Ah! reste, je t'aime, tu m'aimes toujours... Je suis à toi. Tu peux lire en mes yeux le secret de mon âme... Regarde-moi...

Le jeune homme.
Quand je te vois j'oublie. Ah j'oublie...

La jeune femme.
Je t'adore...

HEURES CRUELLES

NE T'EN VA PAS

Symphonie.

L'amour vient, l'amour s'en va, et le détachement des
cœurs s'accomplit, aussi inexplicable, aussi mystérieux
que s'accomplit leur union.

Chant.

— Ah! reste encor! ne t'en va pas! ne t'en va
pas sans me dire pourquoi tu ne veux pas m'aimer...
— Ne suis-je plus assez belle? mon regard est-il
moins pur? et la chanson que dit ma lèvre, n'est-elle
donc plus la chanson de mon cœur?..
Tu te détournes... et tu me fuis!.. Ah! reste
encor, ne t'en va pas...
— Ne t'en va pas sans me dire pourquoi tu ne
veux pas m'aimer!

44

ASPIRATION VERS DIEU

SYMPHONIE.

Sur ce globe de terre aux entrailles de feu, qui roule à travers l'espace insondable, que fait l'Homme? A-t-il un rôle? sa volonté peut-elle changer quelque chose aux lois du monde. Ses rêves, ses victoires, ses pensées ont-elles des destinées, et lui permettent-elles des espérances?

Et si non, pourquoi vit-il ainsi, sans but,

Et si oui, pourquoi vit-il sans connaître son but, sans comprendre la propre utilité de son rôle.

Ce mystère est accablant. Ecoute l'Homme, ô Dieu et le prends en pitié!

PRIÈRE (Chant).

Vers toi Seigneur, ma voix monte, et, comme un encens mon âme brûle.

Entends-moi, Dieu! Dieu, mon Père! ouvre, en souriant, les bras à ton enfant...

Je sens en moi des ardeurs que la terre ne peut assouvir; je rêve d'autres mondes, et d'une autre Patrie. Je veux aller plus loin et plus haut, dans les cieux: vers Toi!

45

INDEX

—

Chants a deux voix

                                                         Pages

L'Aurore sur les Alpes. 22
Le Rendez-vous. 38
    Mlle Cécile GULLY. M. Jean BRÉVAL.

* * *

La nuit d'août. — I. Le soir au bord de la mer.
    II. La nuit. III. Les étoiles. IV. L'aube. . . 24
Le Doute (nuits cruelles). 42
Les Nuits sans étoiles. 27
Prière profane. — I. Ave Maria, II. Prière. . . . 41
    Mlle Cécile GULLY, M. Victor BOGEY

* * *

Scènes parisiennes : I. Chanson des bois, II. Bon-
    jour, avril ! 14
    Mlle Cécile GULLY, M. Lucien BERTON.

—

Mélodies et Chants

Matinée de juin. 9
Venue d'amour . . , ... 10
Matinée d'avril . . , ... 11
Soirée de septembre. Avant la nuit. 20
Près de la source. 29
Aspiration vers Dieu. 49
    M. Victor BOGEY.

Notre sentier. 28
Supplication 17
Bonheur perdu. 16
Hallucination. 33

M. Jean BRÉVAL.

*
* *

Renouveau. — I. Amours oubliés, II. Résurrection. 30
Chanson de printemps. 12
Credo d'amour 37
Matinée de mai 3
Nuits d'été. I. Le Chemin des Étoiles 21
Demande d'amour. 32

M. Lucien BERTON.

*
* *

Heures cruelles. 1. Ne t'en va pas!. 44
La Nuit dans la forêt. 19

Mlle Cécile GULLY.

*
* *

Jeanne 31
Tristesse d'automne. 26
nommeil. 20
La Mort 34

*
* *

Introduction. 6
Prose rhytmée. 36
Les Auditions voilées et les Mélodies symphoniques 5

ÉDITION

L'édition musicale des Chants et Mélodies symphoniques ne sera pas publiée avant de nouvelles auditions.

—

Œuvres publiées antérieurement

—

CHANTS D'AMOUR ET DE JEUNESSE, vingt mélodies et duos composés sur des poèmes de Henri Second, Arthur Chereau, Robert Hyenne, etc. et de l'Auteur.

1 - LES NUITS D'AUTREFOIS
2 - CHANSON MATINALE
3 - L'AVEU
4 - SOUS LES SAULES
5 - PROMENADE AU VALLON
6 - LISE
7 - LES DEUX BAISERS
8 - SARA
9 - TU NE M'AIMES PAS !
10 - LA NUIT D'ÉTÉ
11 - CHANSON DE MAI
12 - MADRIGAL
13 - LE SOLEIL ET LE NUAGE
14 - QUAND L'AMOUR S'EN VA
15 - LE SERMENT
16 - ADIEUX DU MATIN
17 - DÉLIRE
18 - SOUS BOIS
19 - LA CHASSE
20 - A DEUX

Recueil. — Prix, net **6 fr.** HARTMANN ET Ce, éditeur et à la Saile Georges PETIT, rue de Sèze.

NOTRE PÈRE, Oraison dominicale sur le texte biblique, GREGH, édit.

—

Typographie spéciale, H. LESNE.
12, rue de l'Abbaye. Paris

www.ingramcontent.com/pod-product-compliance
Ingram Content Group UK Ltd.
Pitfield, Milton Keynes, MK11 3LW, UK
UKHW020032080726
13614UKWH00004B/1721